国家出版基金项目
NATIONAL PUBLICATION FOUNDATION

记住乡愁

——留给孩子们的中国民俗文化

刘魁立◎主编

第五辑　口头传统辑（一）

焦学振◎编著

江 格 尔

本辑主编　林继富

黑龙江少年儿童出版社

编委会

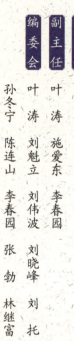

序

　　亲爱的小读者们，身为中国人，你们了解中华民族的民俗文化吗？如果有所了解的话，你们又了解多少呢？

　　或许，你们认为熟知那些过去的事情是大人们的事，我们小孩儿不容易弄懂，也没必要弄懂那些事情。

　　其实，传统民俗文化的内涵极为丰富，它既不神秘也不深奥，与每个人的关系十分密切，它随时随地围绕在我们身边，贯穿于整个人生的每一天。

　　中华民族有很多传统节日，每逢节日都有一些传统民俗文化活动，比如端午节吃粽子，听大人们讲屈原为国为民愤投汨罗江的故事；八月中秋望着圆圆的明月，遐想嫦娥奔月、吴刚伐桂的传说，等等。

　　我国是一个统一的多民族国家，有 56 个民族，每个民族都有丰富多彩的文化和风俗习惯，这些不同民族的民俗文化共同构筑了中国民俗文化。或许你们听说过藏族长篇史诗《格萨尔王传》

中格萨尔王的英雄气概、蒙古族智慧的化身——巴拉根仓的机智与诙谐、维吾尔族世界闻名的智者——阿凡提的睿智与幽默、壮族歌仙刘三姐的聪慧机敏与歌如泉涌……如果这些你们都有所了解，那就说明你们已经走进了中华民族传统民俗文化的王国。

你们也许看过京剧、木偶戏、皮影戏，看过踩高跷、耍龙灯，欣赏过威风锣鼓，这些都是我们中华民族为世界贡献的艺术珍品。你们或许也欣赏过中国古琴演奏，那是中华文化中的瑰宝。1977年9月5日美国发射的"旅行者1号"探测器上所载的向外太空传达人类声音的金光盘上面，就录制了我国古琴大师管平湖演奏的中国古琴名曲——《流水》。

北京天安门东西两侧设有太庙和社稷坛，那是旧时皇帝举行仪式祭祀祖先和祭祀谷神及土地的地方。另外，在北京城的南北东西四个方位建有天坛、地坛、日坛和月坛，这些地方曾经是皇帝率领百官祭拜天、地、日、月的神圣场所。这些仪式活动说明，我们中国人自古就认为自己是自然的组成部分，因而崇信自然、融入自然，与自然和谐相处。

如今民间仍保存的奉祀关公和妈祖的习俗，则体现了中国人崇尚仁义礼智信、进行自我道德教育的意愿，表达了祈望平安顺达和扶危救困的诉求。

小读者们，你们养过蚕宝宝吗？原产于中国的蚕，真称得上伟大的小生物。蚕宝宝的一生从芝麻粒儿大小的蚕卵算起，中间经历蚁蚕、蚕宝宝、结茧吐丝等过程，到破茧成蛾结束，总共四十余天，却能为我们贡献约一千米长的蚕丝。我国历史悠久的养蚕、丝绸织绣技术自西汉"丝绸之路"诞生那天起就成为东方文明的传播者和象征，为促进人类文明的发展做出了不可磨灭的贡献！

小读者们，你们到过烧造瓷器的窑口，见过工匠师傅们拉坯、上釉、烧窑吗？中国是瓷器的故乡，我们的陶瓷技艺同样为人类文明的发展做出了巨大贡献！中国的英文国名"China"，就是由英文"china"（瓷器）一词转义而来的。

中国的历法、二十四节气、珠算、中医知识体系，都是中华民族传统文化宝库中的珍品。

让我们深感骄傲的中国传统民俗文化博大精深、丰富多彩，课本中的内容是难以囊括的。每向这个领域多迈进一步，你们对历史的认知、对人生的感悟、对生活的热爱与奋斗就会更进一分。

作为中国人，无论你身在何处，那与生俱来的充满民族文化DNA的血液将伴随你的一生，乡音难改，乡情难忘，乡愁恒久。这是你的根，这是你的魂，这种民族文化的传统体现在你身上，是你身份的标识，也是我们作为中国人彼此认同的依据，它作为一种凝聚的力量，把我们整个中华民族大家庭紧紧地联系在一起。

《记住乡愁——留给孩子们的中国民俗文化》丛书，为小读者们全面介绍了传统民俗文化的丰富内容：包括民间史诗传说故事、传统民间节日、民间信仰、礼仪习俗、民间游戏、中国古代建筑技艺、民间手工艺……

各辑的主编、各册的作者，都是相关领域的专家。他们以适合儿童的文笔，选配大量图片，简约精当地介绍每一个专题，希望小读者们读来兴趣盎然、收获颇丰。

在你们阅读的过程中，也许你们的长辈会向你们说起他们曾经的往事，讲讲他们的"乡愁"。那时，你们也许会觉得生活充满了意趣。希望这套丛书能使你们更加珍爱中国的传统民俗文化，让你们为生为中国人而自豪，长大后为中华民族的伟大复兴做出自己的贡献！

亲爱的小读者们，祝你们健康快乐！

二〇一七年十二月

目　录

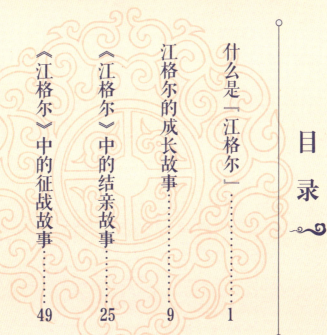

什么是『江格尔』

| 什么是"江格尔" |

各个民族大多流传有自己的英雄史诗，能征善战的蒙古族人民同样留下了丰富多彩的叙事诗篇。这种从很早以前就开始口耳相传的口头传统，广泛流传于蒙古族各部，特有的文化魅力使英雄史诗得以代代相传。时至今日，蒙古族英雄史诗仍然流传于百姓的日常生活之中，近些年来，更是吸引了越来越多的国内外学者开展持续而深入的研究。

单就蒙古族英雄史诗而言，仅在我国就已搜集有百余部之多。这些史诗涵盖的题材非常广泛：既有歌颂少年勇士战胜吃人蟒蛇和青年英雄通过千辛万苦战胜敌人而救下美丽妻子的短篇史诗，又有同入侵家园、奴役族人的侵略者进行斗争的中篇史诗，还有反映诸多重大历史事件的长篇史诗。这些英雄史诗虽然篇幅不等、内容各异，但却共同组成了蒙古族人民丰富的民间文化，铸就了其特有的文化基因。在所有的蒙古族史诗中，最

| 蒙古勇士雕像 |
焦学振　摄

|成吉思汗公园|
焦学振 摄

具影响力、传播最为广泛、篇幅也最为宏大的，当属英雄史诗《江格尔》。

"江格尔"具有多重含义，除了上文提及的作为史

|草原骏马|
焦学振 摄

诗存在的《江格尔》外，它还是英雄人物的名称。所以，简单地说，"江格尔"既是史诗《江格尔》的名称，又是《江格尔》这部史诗主人公的名字。关于"江格尔"的来源有许多种说法，其中一种认为："江格尔"来自波斯语"扎罕格尔"，意即世界主宰或世界征服者。但由于语言环境的影响，"扎罕格尔"这个波斯语名词慢慢融入蒙古语，成为现今流传的"江格尔"。在藏族史籍《佑宁寺简志》中记载"大地梵天江格尔汗的大臣格日勒图带领部属来到这里"；在托忒文古籍中写道"蒙古精格尔汗推翻宋朝，统治了汉人的大半地方"……也正是以上诸多记载，佐证了"江格尔"这个主人公形象就是

以成吉思汗为首的蒙古族英雄豪杰们的群体形象。

一般认为《江格尔》这部史诗形成于西蒙古地区卫拉特部落，时间大致为15世纪至17世纪上半叶。"卫拉特"是聚居在贝加尔湖以北安加拉河一带的八河流域、蒙古族的一个部落，意为"森林之部""林中的百姓"。随着历史的发展，卫拉特人现今主要分布在我国新疆、青海、甘肃及俄罗斯和蒙古国等地。虽然英雄史诗《江格尔》在多个蒙古族聚居区有不同程度的流传，但因卫拉特人生活地域的缘故，《江格尔》的流传地多集中于新疆蒙古族处。说到《江格尔》，就离不开它的创作背景。在史诗形成之初，卫拉特人的游牧地区多集中于阿尔泰山、天山、巴尔喀什湖、额尔齐斯河中间的草原地带和山区，与现在所处的位置有较大不同，被誉为"近乎神话般的世界"。史诗的形成离不开巍峨的阿尔泰山和雄伟的天山，离不开那些终年被大雪覆盖的神圣

|牧区牧人|
焦学振 摄

|草原货车|
焦学振 摄

|民族博物馆展厅|

焦学振　摄

山顶，离不开辽阔无尽的绿色草原，更离不开成群的牛羊和奔腾不息的骏马。

卫拉特人之所以能创造出举世瞩目的英雄史诗《江格尔》，便利的地理位置同样起到了巨大作用。在卫拉特部周围，广泛分布有汉族、藏族、维吾尔族、哈萨克族、乌孜别克族、柯尔克孜族等多个民族，卫拉特人曾同俄国、阿富汗、伊朗、印度和阿拉伯等国家、地区有直接或间接的交往历史。不同的文化带来不同的影响，这些影响体现在包括卫拉特人在内的整个蒙古族人民的发展历程之中。

《江格尔》这部光辉的长篇英雄史诗由六七十部独立诗篇组成，全诗长达十多万行。它的情节和人物都是虚构的，描述了在一个被称作"宝木巴"的圣地，以江格尔汗为首的十二名雄狮大将和六千名勇士为保卫家乡和人民，同形形色色的掠夺者和奴役者进行英勇斗争，最终取得胜利的故事，深刻反映了蒙古族人民的悠久历史、现实生活和崇高理想。这是一部不朽的、富有理想主义精神和爱国主义色彩的英雄史诗。它不仅具有重大的文化价值，而且具有深刻的教育意义，代表着蒙古族英雄史诗和民间文学的艺术成就，是蒙古族诗歌艺术的巅峰之作，在蒙古族文学史和中国各民族文学史，甚至世界文学史上都占有很重要的地位。

江格尔的成长故事

|江格尔的成长故事|

蒙古族对故事有着天然的亲近感，他们的语言朴实而富有情感，热爱并善于讲故事。《序诗》是《江格尔》的初始章节，主要对江格尔的诞生背景及少年生活进行了描述。在天山、阿尔泰山、额尔齐斯河之间的山地草原间，有一个被称为"宝木巴"的地方，在这里诞生了一位名叫江格尔的英雄少年，他

|草原弓箭|
焦学振 摄

|摔跤比赛|
焦学振 摄

是塔海兆拉可汗、唐苏克·宝木巴可汗和乌琼·阿拉达尔可汗的后人。

在江格尔两岁的时候，他的家园受到了蟒古斯的袭击，而后他成了孤儿，尝尽人间疾苦。在江格尔三岁的时候，他骑着骏马冲破三大难关，终于战胜了恶魔蟒古斯。在他四岁时，又使黄魔杜力栋改邪归正。江格尔五岁时，被大力士蒙根·西克锡力克俘虏，并因此与洪古尔结为兄弟。六岁时，江格尔打败了拥有精美宫殿的阿拉谭策吉，并使其成为自己的得力部下。江格尔七岁时，战胜了东方七个国家的英

雄，事迹光照人间，勇士的美名遐迩传颂。

在那古老的黄金世纪，
在佛法弘扬的初期，
孤儿江格尔，
诞生在宝木巴圣地。
江格尔是塔海兆拉可汗的后裔，
唐苏克·宝木巴可汗的孙子，
乌琼·阿拉达尔可汗的儿子。

江格尔是这部史诗的主人公，他的名字蕴含了"主人""强者"之义，同波斯语的"征服者"有相近之处。而主人公江格尔的出生地"宝木巴"则代表了人们心目中的理想圣地，江格尔也理所当然地成了理想国的霸主。江格尔的坐骑名为"阿兰扎尔"，是英雄生死相依

的理想战友。

江格尔的阿兰扎尔骏马
跑得飞快的时候，
江格尔的金柄长枪
无比锋利的时候，
江格尔雄姿英发，
正当青春年少，
他拒绝了周围四十九个可汗的美女，
从东南方，聘娶了诺敏·特古斯可汗的女儿。

江格尔牧养的骏马，
个个飞快无比；
江格尔招募的勇士，

人人英勇无敌；

周围四十二个可汗的国土，

都被荣耀的江格尔征服。

江格尔的宝木巴，

是幸福的人间天堂。

那里的人们永葆青春，

永远像二十五岁的青年，

不会衰老，不会死亡。

江格尔在拒绝了多位可汗的美女后，娶诺敏·特古斯可汗的女儿作自己的妻子。他的军队兵强马壮，使周围的可汗纷纷归顺，宝木巴成为人们心中的天堂，江格尔的人民也永远年轻健康。

江格尔的乐土，

四季如春，

没有炙人的酷暑，

没有刺骨的严寒，

清风飒飒吟唱，

宝雨纷纷下降，

百花烂漫，

| 巴州湿地 |
赵戈 摄

百草芬芳。

江格尔的乐土，
辽阔无比，
快马奔驰五个月，
跑不到它的边陲，
圣主的五百万奴隶，
在这里繁衍生息。
巍峨的白头山拔地通天，
金色的太阳给它洒满了霞光。
苍茫的沙尔达嗔海，
有南北两个支流，
它们日夜奔腾喧嚣，

闪耀着璀璨的光芒！
江格尔饮用的奎屯河水，
清冽甘美，汹涌澎湃，
不分冬夏，长流不竭。
宝木巴的主人，
是孤儿江格尔。
他权掌四谛，
造福人民，
英雄的业绩，
光照人间，
勇士的美名，
遐迩传颂。

江格尔的领土宝木巴气候宜人、草木丰茂，有源源不断的流水、一望无际的牛

|蒙古包|
焦学振 摄

羊，供养着人们在此生活。江格尔掌管着佛教中的苦、集、灭、道四真谛，在这片辽阔的圣地，江格尔的美名被人们不断赞扬。

在那洁白的毡房，

六千又十二名勇士纷纷喧嚷：

　　"要为江格尔建造一座宫殿，

　　这宫殿要巍峨壮丽，

　　举世无双！"

周围的四十二个可汗议论：

　　在何等吉庆宝地，

　　建造这座宫殿？

　　要向着光明、向着太阳，

　　在芬芳的大草原南端，

　　在平顶山之南，

　　十二条河流汇聚的地方，

　　在白头山的西麓，

　　在宝木巴海滨，

　　在香檀和白杨环抱的地方，

　　建造这座奇迹般的宫殿

最为吉祥。

最好的日子，
最好的时辰，
四十二位可汗
率领六千又十二名能工
巧匠，
破土动工。

珊瑚玛瑙铺地基，
珍珠宝石砌墙壁，
北墙上镶嵌雄狮的獠牙，
南墙上镶嵌梅花鹿的角。

阿拉谭策吉老人，
洞悉未来九十九年的
吉凶，
牢记过去九十九年的
祸福，
他用洪亮的声音宣布：
"这宫殿要庄严雄伟，

|蒙古包顶部|
焦学振　摄

|载歌载舞的草原人|
焦学振　摄

比青天低三指；
要是筑到九重天上，
对江格尔并不吉利。"
于是这些身怀绝技的匠人开始进行新的构思，他们先筑起了主殿，并为主殿建造了五个角楼。在宫殿的入口和出口处，分别镶嵌着水晶石和红玻璃，他们用斑鹿皮祝福北方人民，又用梅花鹿皮祝福南方人民。这座高十层的宫殿庄严辉煌，周围的恶魔都不敢来侵扰：

六千又十二名能工巧匠，
先筑中间的主殿，
再建五个高大的角楼。

宫殿的入口，
镶嵌明亮的水晶石，
宫殿的出口，
装饰火红的玻璃。
祝福北方的人民奶食丰富，
北墙上裱糊斑鹿皮；
祝福南方的人民肉食充裕，
南墙上裱糊梅花鹿皮。

江格尔披着黑缎外衣，
这外衣是阿盖夫人用金剪细心剪裁，
众勇士的夫人精心缝制。
江格尔端坐在宝座上，
捻着燕翅般的胡须，
向勇士们讲述治国的哲理。

江格尔是至高的君主，他雄姿英发，有数不尽的勇士在听他讲解哲理，又有举世无双的阿兰扎尔供其骑行，妻子阿盖永远是十六岁的少女模样，她的美貌照耀着整个草原，她的琴声好似天籁：

从东南方聘娶的夫人——

诺敏·特古斯可汗的女儿，

永远像十六岁的少女般的

阿盖·莎布塔腊是什么模样？

阿盖向左看，左颊辉映，

照得左边的海水波光粼粼，

海里的小鱼欢乐地跳跃。

阿盖向右看，右颊辉映，

照得右边的海水浪花争艳，

海里的小鱼欢乐地跳跃。

阿盖的脸，白皙如雪，

阿盖的双颊，鲜红如血。

阿盖的帽子，洁白美丽，

巧手的"额吉"精心剪裁，

众大臣的夫人亲手缝制。

除了英勇的江格尔可汗，在宝木巴草原上还有一批无畏的勇士，有美男子明彦，有千里眼阿拉谭策吉，有淳厚朴实的雄狮洪古尔，有铁臂力士萨布尔，还有喀拉·萨纳拉。这些勇士是江格尔赖以存续的伙伴，他们围坐在一起，力量浩瀚无边：

江格尔的右手头名勇士，
名叫巴彦胡恩格·阿拉谭策吉。

千里眼阿拉谭策吉端坐在黑缎垫上，
他掌管宝木巴七十个属国的政教大权。

无论遇到什么疑难的案件，
他都能迅速无误地勘破、裁断。

江格尔的左手头名勇士，
是淳厚朴实的雄狮洪古尔。

他是大力士特布新·西鲁盖的后裔，
摔跤手西克锡力克的独生子，

草原合唱
焦学振 摄

贤淑的母亲姗丹格日乐
夫人

二十二岁那年所生的
爱子。

洪古尔是江格尔的手足,
是七十万大军的光荣;
洪古尔是宝木巴的擎
天柱,
是千百万勇士的榜样。

洪古尔在战斗中,
从不知后退,如虎似狼!
洪古尔豁出宝贵的生命,
单人匹马征服了七十
个魔王。

洪古尔的下席,
坐着一位山岳般的巨人,
他是顾哲根·库恩伯
诺颜。

他舒展款坐,

独占五十二人的位置；

他蜷缩而坐，

也占二十五人的位置。

他的膂力惊人，

武艺超群。

他手中的铁叉，

是魔鬼的镇器。

他的高头骏马，

体大力强，

四蹄粗壮，

宛如大象的四蹄。

库恩伯口若悬河，

谈论一千又一年的政教

哲理。

阿拉谭策吉的下席，

是人中的鹰隼萨布尔，

号称铁臂力士。

幼年的萨布尔，

用一万户奴隶，

换来一匹栗色马，

栗色马飞快又美丽。

他那八十一庹（tuǒ,

成人两臂左右平伸时两手之

间的距离，约合5尺）长的

巨斧，片刻不离肩头。

萨布尔有超人的臂力，

不管遇到多么强壮的

弯弓射箭
焦学振 摄

对手，

　　他都能一手拎过马背。

　　右手第三名勇士，

　　是喀拉·萨纳拉，

　　他有一匹美丽的红沙马。

　　他离开了福德双全的

父亲，

　　让父亲失去了福祉；

　　他离开了菩萨般慈善的

母亲，

　　让母亲没有了儿子；

　　他抛弃了亿万户奴隶，

　　让他们没有了主子；

　　他撇下了红花般艳丽的

妻子，

　　让她失去了丈夫。

　　宝林格尔的儿子，

　　坚毅的勇士萨纳拉，

　　只跨着红沙马，

　　跟随江格尔来到宝木巴。

　　这些无畏的勇士们团团

坐了七圈，

　　席间还坐着一圈须发银

白的老人。

　　慈祥和蔼的老太婆红光

满面，

　　白皙美丽的夫人温柔

端庄，

　　窈窕雅致的姑娘双颊

绯红，

　　她们各坐了一圈，

　　还有一席是天真可爱的

儿童。

　　席间有饮不尽的乳汁和

马奶酒，

　　有吃不完的鲜美的鹿肉。

　　勇士们酒醉半酣，热血

沸腾，

　　笑语喧哗，欢乐满堂。

　　勇士们互相拍着臂膀

高唱：

　　"世界上的国家，

哪个像宝木巴这样富强！

世界上的勇士，

哪个像宝木巴的勇士这样雄壮！

我们什么时候遇到较量的对手？

我们什么时候遇到猎获的羊？"

看吧，除了年轻的勇士，在宝木巴还有一群智慧的老人、漂亮的姑娘和年幼的孩子。老人慈祥和蔼，姑娘得体大方，就连孩子们都是那样天真可爱。生活在这样的宝地、这样的草原，怎能不让人心生向往？身处这样的环境、这样的国度，任何人的脸上都充满了安详。

《江格尔》中的结亲故事

|《江格尔》中的结亲故事|

结亲故事是《江格尔》中重要的故事类型之一，《雄狮洪古尔的婚礼》即是《江格尔》中这一故事类型的代表。相传有一次江格尔与他的勇士们团团围坐七圈，举行酒宴，就在这时，被誉为"雄狮"的勇士洪古尔突然向江格尔提出请求，他说道：

"博克多，荣耀的诺颜，我年过十八，没有结亲，请赐我一位美貌的夫人。"

江格尔听到这一请求后，立刻吩咐马夫给自己心爱的坐骑阿兰扎尔鞴上马鞍。马夫包鲁芒乃接到命令后，马上安排众位勇士，为骏马阿兰扎尔做出行的准备。他们用最好的钢绳拴住它，用最好的铁绊绊牢它，

|草原骏马|
焦学振　摄

|精致的马鞍子|
焦学振　摄

|各类马鞍子| 焦学振 摄

|刮马汗板和皮绳|
焦学振 摄

丽的妻子阿盖为他披上了黑缎外衣，又递上江格尔的钢鞭，这使他更加神采奕奕。江格尔高兴地对众勇士说：

"雄狮洪古尔正值韶华青春，

我要给他聘娶扎木巴拉可汗的女儿，

那姑娘名叫参丹格日乐。"

就在这时，江格尔的右手首席勇士阿拉谭策吉慌张地说道：

"荣耀的圣人啊，

我有话向您禀告。

很早以前，

我还没有向您归降，

我那烈性的大红马跑得飞快，

我还年轻，

满怀雄心壮志，

向沙拉·裕固三汗挑战。

在马背上铺好了毛垫、鞍屉，将被毒蛇唾液浸染的肚带小心地绑在战马的肚皮之上，并系上一百零八个响亮的银铃，甚至连马的脖子，也配上了八个铁铃铛。江格尔美

那次我单骑出征，

没有和敌人交战便返回故乡，

途中经过扎木巴拉的辽阔山川。

那时我已预料到

雄狮洪古尔的婚姻，

我走近绣楼，

端详参丹格日乐的容貌。

她身穿九十九色的彩缎，

美丽娇艳像一位仙女。

阳光透过纹窗照在她的身上，

她容光焕发，光彩夺目。

她的容貌美丽，举世无双，

她的内心肮脏，妖魔一样。

美丽的姑娘何止千万，

不要招惹那凶恶的娇娘。"

江格尔听完阿拉谭策吉的话，十分生气。认为他年事已高，曾经具有的未卜先知的谋士才华已消失殆尽，连对事物的基本判断能力都出现了偏差。他愤然离席，拉开银门，迈着矫健的步履骑上了阿兰扎尔神驹。此时，阿拉谭策吉依然紧紧地跟着江格尔，他喃喃自语道：

"跟你七世的阿兰扎尔，

奔波在漫长的旅途，

耗尽油脂，

劳作的蒙古族家庭
焦学振　摄

|萨满鼓|
焦学振　摄

熬干骨髓，
抬不动四蹄。

灼热的太阳炙烧你，
暴风骤雨吹打你，
你筋疲力尽，
无力挥动手中的长戟，
摇晃在马背上，
尝尽旅途的辛苦。"

江格尔不顾阿拉谭策吉的警告，在与勇士们道别后，迎着东升的旭日、灿烂的霞光，向着日落的方向跃马前行。阿兰扎尔作为江格

尔的坐骑，是何等矫健！霓虹般的神驹下颌顶着胸膛，胸膛贴着地面，前腿带起疾风，花草也随之摇摆。从远处看，这一人一马竟似野兔飞腾在草尖之上！阿兰扎尔在草原上疾驰了四十九天后，终于来到了巍峨的红色山冈。在这里，有扎木巴拉可汗的青铜宫殿。在宫殿左边的阿尔斯冷山坡上，有成群的骆驼跪伏在那儿，人们在等候江格尔，驼背上的鲜肉、美酒数也数不清楚。江格尔向人们打招呼，满脸笑容。江格尔来到扎木巴拉可汗的宫殿之中，端坐在八条腿的银桌之上。扎木巴拉可汗为江格尔举行了盛大的酒宴，前后共计十四天之久。在酒宴上，江格尔向扎木巴拉可汗说明了来意：

"听说在您这儿，

养育着罕见的一峰小骆驼，

没有给它拴鼻绳。

我长途跋涉来到贵国，

请求您把它赐给我。"

扎木巴拉可汗慢慢回答道：

"我不拒绝您的意愿，

最好问问我那个小犬。

假如小犬不顺从，

跑起来不是比牛还要迟缓？！"

江格尔听后默默无言，酒宴又进行了七天。扎木巴拉可汗又说道：

"荣耀的江格尔诺颜，

什么人想做我的爱婿，

让他单身匹马前来拜见！"

江格尔人不离鞍，阿

兰扎尔马不停蹄，在经过七个日夜后，他们终于回到了位于宝木巴的金黄宫殿。江格尔盘坐在四十四条腿的宝座上，与勇士们开怀畅饮并吩咐阿盖和姗丹两位夫人，

| 萨满服饰 | 焦学振　摄

| 举办法事 | 焦学振　摄

31

为雄狮洪古尔梳妆打扮，让洪古尔前往扎木巴拉可汗那儿去娶亲。洪古尔穿上虎头红靴，披上肥大的绒衫，外面裹着三层铁衣铁甲，宝剑拿在手上，英姿勃发。他的前额有玛诃喀拉佛一样的力量，他的头顶有宗喀巴英雄般的威力及金刚般的猛力。这位凝结了十二头雄狮力量在腿上的英雄洪古尔，连饮七十一碗醇酒，绕着黄金宫殿骑行一周后，便和铁青马一起告别了故乡，踏上了前往扎木巴拉的旅程。铁青马四蹄腾空，似闪电，又像疾风。前腿、后腿一蹿，便是一天一夜的路程。洪古尔的坐骑铁青马也飞奔了四十九天，终于登上了巍峨的红色山冈。洪古尔不知道江格尔给自己挑选的新娘何等模样，遥望着自己的家乡不禁犹豫不决，左右徘徊。他的坐骑铁青马看出了主人的心绪，便激励他道：

"你已度过了十八个春秋，

为娶亲离开家乡长途奔波，

如今和新娘还没有照面，你就畏惧退缩。

难道你不怕辱没英雄的美名？

纵然你在战斗中牺牲，宝木巴还会抚育出你这样的英雄！"

铁青马的话深深激励了洪古尔，他钢铁般的意志再次被激发。跨上铁青马，洪古尔对铁青马命令道：

"明天，要在黎明时分，把我送到图赫布斯的毡房。

不然，我要剥你的皮做
鼓面，

砍断你的肋骨做鼓槌，
用你的圆蹄做油灯！"
铁青马不甘示弱：
"这个容易，明天黎明，
我把你送到新房。
你要坐稳，
如果坐不住雕鞍，
你就不是我的主人！"
铁青马狂奔起来，速度
不似奔跑，更像飞翔。洪古
尔一会儿坐在鞍前，一会儿

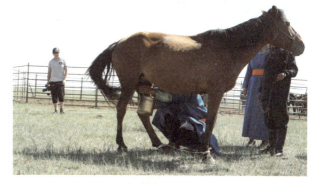

坐在鞍后，吃力地控制着银
缰。在红日东升的第二天黎
明，洪古尔准时来到了洁白
的毡房。他打开房门，坦然
坐在了右席上。毡房的女主
人参丹格日乐听到房门铃
声，便拉开绸缎做成的帏幔，

｜蒙古包内饰｜焦学振　摄

｜牧区厨房｜
焦学振　摄

看到了躺在八条腿床上的陌生客人洪古尔。她怒容满面：

"什么人闯进我的毡房？
看你的模样，
两眼明亮，脸颊发光，
好像发情的公牛一般。
你这丧家的獒犬，
快快滚出我的毡房！"

洪古尔说：

"出乎常情，
你们的风习是这等粗野！
我是江格尔的牧马人，
寻找遗失的马群已经三月，
哪里遇到人家，
就在哪里安歇。"

已和参丹格日乐拜了天地的大力士图赫布斯说：

"我家没有人给你做饭烧茶，
要吃要喝，
你自己动手！"

于是洪古尔走到左手边的酒缸旁，拿起巨觥连饮了七十一杯酒。大力士图赫布斯见洪古尔喝完了酒却不肯离开，于是怒吼起来催促他赶紧走人。洪古尔不慌不忙，又拿出烟管吸起了烟，他想到参丹格日乐已经与图赫布斯成亲，自己空跑了一趟，抑制不住心中的怒火，便对图赫布斯发起了挑战：

"从家里赶走过路的旅人，

何等野蛮、无礼！

赶快给我滚起来，

光天化日之下，去见高低！"

图赫布斯拉开了九层帏幔，拖着黑羔皮长袍的衣袖下床梳洗。他牵来了自己的坐骑枣骝马，与洪古尔来到银白的岗嘎海和冰山旁。他们举起了闪闪发光的宝剑，挥舞着牛皮包着的钢鞭。两位英雄打斗多时，依旧胜负未分，而武器已损毁严重，不能再用，于是他们又赤手空拳在马背上继续战斗。洪古尔与图赫布斯各带弓箭，都拿了出来。图赫布斯让洪古尔弯弓搭箭，用利箭射向他赤裸的前胸，他却毫发无伤。洪古尔又射了一箭，依旧无法伤到图赫布斯。图赫布斯发起蛮力，将洪古尔抱住并举到头顶，在空中倒悬了四天四夜。铁青马看洪古尔处境困厄，于是咬碎了银辔头，扯断了铁绊子跑到他身边说：

"你是西鲁盖的后裔，

是姗丹格日乐夫人的骨肉，

你不惜粉身碎骨英勇战斗，

单人匹马征服过七十个可汗的国土。

残酷的战斗中，

你是江格尔的盾甲；

艰难的旅途中，

你是江格尔的战马。

你年方十八，

为娶亲来到他乡，

怎能忍受被人打败的

耻辱？

假如你被敌人打败，

我决不让敌人的坐骑将

我追住，

我要拖着银缰飞走，

飞回江格尔的国土。

看见我空鞍归去，

人们如果窃窃私语，

'新郎的坐骑为何空鞍

飞来'，

你怎能忍受这种耻辱？

你为何不揪住他的腰带，

为何不用你强壮的躯体

压下去，

压断他的脖颈，

压断他的腰杆，

怎能被人家举在空中两

脚朝天？"

洪古尔受到铁青马的激励，他紧咬牙关，伸手抓住了图赫布斯的腰带，用尽全身力量压向图赫布斯的头顶，使对方皮开肉绽。又经

|草原竞技|
焦学振 摄

|草原竞技|焦学振 摄

过了一阵厮杀，洪古尔抓住机会将图赫布斯高高举起，抛向了绝壁间，岩壁被撞发出了巨大轰鸣，震天动地。洪古尔询问图赫布斯可有未了的心愿，图赫布斯面不改色，让洪古尔赶快杀掉自己。于是，洪古尔将大力士砍成两半后，放到了枣骝马上让它奔回毡房。洪古尔来到参丹格日乐的床边，坐在银床上。他脱下金盔放在床边，命令参丹格日乐为自己梳头打扮。参丹格日乐失去了爱人，她双手击掌，向天祈祷：

"天啊，让我看见西鲁盖的后裔绝灭！

你拆散了我命中的伴侣，
让你迷失在荒野，走投无路！"

洪古尔大怒，于是将美人参丹格日乐劈成两段，并将她的尸体挂在毡房门旁。洪古尔又走到酒缸旁边，拿起巨觥连饮七十一杯酒浆。他躺在银色的床上，圣水般的眼泪止不住地流下。洪古尔心中暗暗地思量：

"我将如何答复众位勇士，

他们会恶意地来问，

'你杀死了仇敌，
为何不带回新妇，
不管她是天仙还是妖女，
都是江格尔的恩赐。'

噢，我有多么鲁莽，
就是应了美人的诅咒，
死在那无人的荒野，
在江格尔的乐土，
还会诞生和我一样的勇士！"

洪古尔失魂落魄地走出毡房，挥刀将图赫布斯的战

|饮马奶|
焦学振 摄

马杀掉，割下马肉烤熟来吃。夜幕降临，洪古尔骑着铁青马来到了扎木巴拉的宫殿，他记恨这位可汗将女儿许配他人，拖着可汗的头发按倒在地，狠狠鞭笞了一顿。不知是否是受参丹格日乐诅咒的影响，虽然洪古尔骑着铁青马不停地跑了三个月，却依然没有回到宝木巴圣地，没有回到江格尔的身边。这时，铁青马已经骨瘦如柴，脂肪耗尽，骨髓熬干。天气如火烧般炙热，铁青马口干舌燥，却没有一棵青草可供果腹，没有一滴清水可以解渴。洪古尔渐渐陷入昏迷，他在马背上摇摇欲坠。铁青马坚持着来到了一片荒野，啃下了一棵莠草后，一人一马都陷入了昏厥。他们就这样无声无息地躺了四天四夜，就在即将坚持不住的时候，突然天上飞来三只天鹅：

"啊，这是什么地方？
勇士和骏马躺在这里，

奄奄一息，

让我们救活勇士和他的坐骑！"

于是天鹅从天上缓缓下落，在洪古尔和铁青马口中放入了灵丹妙药后，便展翅飞翔，重新飞回蓝天。而在这神奇丹药的作用下，一骑一人突然有了知觉，他们浑身充满了力量，又迈向了新的征程。可是，在经历了又一个三月的旅程后，他们再次陷入困境，疲惫不堪。铁青马艰难地来到一处海滨，翻滚的波涛击打着巨石，发出阵阵声响。洪古尔沿着海岸往下走，看着鳟鱼游向岸边，就举枪刺向鱼腹要吃鱼求生。正想将鳟鱼挑到岸上时，洪古尔一不小心反而被鳟鱼拽入海里。护主的铁青马赶忙跑来，将八十八庹的尾巴甩入海中，将洪古尔和鱼儿一并拉上了海岸。洪古尔燃起篝火，美美品尝了鲜美的烤鱼。他搭起了帐

|祭敖包|
焦学振 摄

|马和马驹|
焦学振　摄

篷，舒展四肢在里面熟睡了四十九个日夜。铁青马见主人睡足，便走到洪古尔身边喷鼻将他唤醒，他们重新踏上了征途。这一次，他们只用了七天就渡过了银海，又向前奔驰了三个月，见到了一座白头山。可是，同上一次一样，他们重新陷入了人疲马乏的困境。铁青马坚持着，一摇一晃地带着洪古尔攀上了山巅。在山巅上，洪古尔放眼远眺，看到阳光下居然有一座青铜色的宫殿，他心中暗暗思量：

"它比江格尔的宫殿还要壮丽，

它的主人一定也是位统治四方的可汗。

可我怎样去到那里呢？"

想到这里，洪古尔不禁流下了伤心的泪水。他又走下山顶，心中暗暗思忖，打定主意后便让铁青马变成秃尾小青马，又把自己变成一个十一二岁的秃头乞儿，他们慢慢向这座宫殿走去。宫殿附近全是华丽的房屋，那是权臣贵族的居所，秃头儿洪古尔不敢靠近，只得躺在牛粪堆上等待。这时，有位拉粪老人正好经过粪堆，老人惊讶地看到牛粪上有一人一马，立刻空车回家向老太婆说明情况。老太婆是位慈善的老人，听后狠狠训斥了老头儿一顿：

"从古到今，人最宝贵！
虽然不是你的骨肉，
也是苍天的恩赐，
为什么你不接受？
赶快把孩子领回！"

说完就拿着烧火棍要打老头儿。老头儿赶忙掉转车头，接过老太婆送来的一罐清水，向秃头儿和秃马赶去。走到他们旁边，老人说：

"孩子啊，你还活着？
先喝点水，润润你的喉咙，
跟我去吧，

我的女人要把你养活！"

洪古尔听后感到又有了希望，于是与小青马各自将清水喝了一半。老太婆将秃头儿迎回了家里，给他好好洗了澡，收养了化身秃头儿的洪古尔。过了几天，秃头儿到外面玩耍时恰好遇到了可汗的儿子和大臣的儿子，他们邀请秃头儿一起玩射箭游戏。虽然没有黄金，但秃头儿却自信满满，以牛、马和双亲为赌注参与游戏之中。第一个上场射箭的是大

天鹅塑像
焦学振　摄

臣的儿子，他射得偏高，没有击中目标。第二个是秃头儿登场，他技高一筹，最终赢得了两袋黄金。他把这两袋黄金放在了年迈父母的枕边，老人用黄金买了四种牲畜，于是生活逐渐好转起来。

在老人生活的地区有一位强大的查干兆拉可汗，他有一位七岁的女儿，名叫格莲金娜，长得十分美丽。芒阚博克多的侄儿大力士马拉查干看上了她。于是马拉查干带着五百名勇士，来到查干兆拉可汗的国土大摆酒席，他表示一定要迎娶格莲金娜为妻。格莲金娜则没有表明态度，既不说嫁给他，也不说不嫁。秃头儿知道后，好奇地跑到格莲金娜的玻璃闺房去看她，他觉着格莲金娜就像第二个太阳一般明亮。过了一段时间，秃头儿在湖畔牵着自己的小青马慢慢回家，突然看到一位会相面的姑娘从楼房中走出来。秃头儿自惭形秽，慌忙绕道躲开，却被姑娘加速跟上并与他攀谈起来。秃头儿说：

"高楼里的小姐，

请不要拿我开心取乐。

你们的生活是游戏和酒宴，

我的生活是不停地奔波。"

会相面的小姐却笑盈盈地说：

草原天空
焦学振 摄

"我认识您！

您来自日出的东方，

来自荣耀的江格尔的故乡！

我认识您，

您是摔跤手西克锡力克的长子，

姗丹格日乐夫人的独生子，

敦厚朴实的雄狮洪古尔，就是您！

我们可汗的小姐叫我问候您，

这里不允许我们多说。"

洪古尔听到这些后，找到铁青马商量：

"我在回家的路上，

遇到一位姑娘，

她说了这许多话，

使我拿不定主张。"

铁青马说道：

"你的真面目已被识破，

离群的羚羊哟，

须天天见面商量对策。"

于是秃头儿回到了父母黝黑的破毡房中，在父母身边沉沉睡下。就这样，洪古尔继续过着劳作的生活。又过了一些时光，他再次遇到了会相面的姑娘，姑娘转达了格莲金娜的话，邀请洪古尔在他的父母安睡后，前去小姐的楼房相见。于是洪古尔按时来到了小姐的闺房，在银床上看到了格莲金娜，她像光辉的太阳一样闪耀。小姐将秃头儿拉到自己身边，用自己的烟管给他点烟。她说道：

"您可记得，

为迎娶扎木巴拉的女儿，

您做了一次旅行。

|蒙古刀及餐具|
焦学振　摄

我的肌肉变为鳟鱼。

饥饿的时候，
我给过您肉食；
干渴的时候，
我给过您清泉。
从四岁到今天，
有三位男子来求婚，
我一个也没有应允。"

您的婚姻未成，
马不停蹄走了三个月，
人和马都摔倒在荒野
上，昏迷不醒。

我变为一只天鹅，
拯救了您的生命。
在银色的岗嘎海滨，
我给了您鳟鱼、芳草和
甘泉。

您可知道，
我的泪水变为清泉，
我的头发变为芳草，

洪古尔听后怒气冲冲，认为格莲金娜应该早一些来邀请自己。但这位小姐却微笑着要他变回本来的面貌。恢复了真身的洪古尔神采焕发，两人欢饮畅谈直到黎明时分，洪古尔又变回秃头儿回到了父母身边。就这样，又经过了一段时间，芒阖博克多的侄儿大力士马拉查干带着五百名勇士前来求婚。会相面的姑娘及时传来了小姐的吩咐，让洪古尔充当说唱艺人，来房里赞颂荣耀的江格尔和他美丽的宝木巴家乡。晚上，洪古尔穿上黑色披风，如约走进了格莲金娜的楼房，马拉查干和他的五百名勇士、格莲金娜和她的三百名侍女，分别坐在说书艺人秃头儿的左右两旁。双方为他斟满了三杯美酒，请他吟唱江格尔的诗篇。

洪古尔卖力地演唱，表演极为精彩，到了动情处他不禁高声大喊，他的吼声震动了小姐的闺房。最后，他按照事先的约定，拔掉了埋在座下的石桩，用来彰显自己的伟力。秃头儿就这样唱到了黎明，领了一千只绵羊回到父母黝黑的毡房。又过了一段时间，会相面的姑娘再次来找洪古尔。她传达了小姐的吩咐，让他作为小姐的摔跤手，参加晚上与求婚者马拉查干的摔跤比赛。马拉查干的摔跤手是身形庞大的巨人，小姐的摔跤手是身形短小的秃头儿洪古尔，但秃头儿却高高将巨人举起，将对方摔得骨折重伤。于是秃头儿又得到一千只绵羊的赏赐，另外还有七峰骆驼和崭新的毡房。他回到父母身边，和他们一起搬到了碧蓝的湖畔，扎起了新的毡房。虽然生活逐渐幸福起来，但洪古尔却时常泪如雨下，他想念家乡、想念江格尔。有一天，洪古尔来到小姐的闺房，小姐亲自给他敬了三杯酒，然后说：

"您是我心中的夫婿，
从小我就爱慕您。
您的事业已成功，
您要把话说明。"

洪古尔因思念家乡，默默无语地离开了。过了几天，在小姐的闺房，洪古尔喝下小姐敬的三杯酒后，又听小姐说：

"我每天思念您，
思念得心中痛苦，

|羊皮大衣|
焦学振　摄

|博州赛里木湖|　赵戈　摄

还不如和您结为眷属。"

然而洪古尔思乡情绪愈发浓烈，依然是默默无语地离开，回到家中，他病倒在床上。就在这时，江格尔骑着他的坐骑阿兰扎尔，疲惫不堪地来到了查干兆拉可汗的宫殿，江格尔说：

"他和他的坐骑，
是雄鹰，
为着小事离家已久，
杳无音讯。

我们走遍熟知的七十二个国家，
访问了陌生的二十个地方。
如果有人见到他，
说出他的下落，
一定给予优厚的报酬。

报信的如果是出家人，

我就请他做宝木巴的大喇嘛。

如果是个女人，

让她享有阿盖的富贵荣华。

如果是男人，

我就请他做这里的可汗。"

查干兆拉可汗不知道有这样的人来过，江格尔听后感到无比失落。然而洪古尔却听到江格尔到访的消息，赶紧让父亲找到江格尔，把他请到自己身旁。洪古尔恢复了真身，终于和江格尔相见，他们紧紧相拥，欢喜、激动，泪流满面。江格尔的三十二位勇士抬着西克锡力克老人也跑了过来，他们围坐一团，宴饮了七天七夜。江格尔问洪古尔在这里可有令他满意的美人，洪古尔说

格莲金娜就是他理想的伴侣，并说已向这位美人求婚。于是，江格尔带着美男子明彦立刻向查干兆拉可汗提亲，帮助洪古尔完成心愿。就在江格尔一行提亲的同时，芒阙博克多也带着丰厚的彩礼到查干兆拉可汗这儿求亲。江格尔坐在左边，芒阙博克多坐在右边，善于辞令的凯•吉拉干端坐中间。查干兆拉可汗表示需要双方进行比赛，取得胜利的一方就可以迎娶他的爱女格莲金娜。

比赛的第一项是赛马，江格尔的勇士萨纳拉遥遥领先，先拔头筹。比赛的第二项是射箭，江格尔的神箭手额尔赫喀拉箭箭满环，又下一城。比赛的第三项是角力，马拉查干技艺高强，洪古尔处境危急。但在关键时刻，

西克锡力克老人帮助洪古尔取得了胜利。洪古尔趁机将马拉查干抛进了岗嘎海，于是芒阔博克多带着自己的五百名随从离开了查干兆拉的国家，而洪古尔也在草原上搭起了六十座毡房，聘娶了格莲金娜，婚宴举办了四十九天。查干兆拉可汗将年满一岁的幼畜送给了女儿当作陪嫁，他和他的子民也举国迁往宝木巴圣地，归顺了江格尔。宝木巴吸收了新的力量，江格尔的统治更加巩固，稳如磐石。宝木巴人民的生活也幸福无疆。

|那达慕大会|
赵戈　摄

《江格尔》中的征战故事

|《江格尔》中的征战故事|

征战故事是史诗《江格尔》中题材最为丰富、情节最为曲折的类型之一，在《江格尔》中有多个章节都是讲述这一类型故事的。例如，《黑那斯全军覆灭记》就是其中的典型代表。在《黑那斯全军覆灭记》的开头，对江格尔治下的宝巴木美景进行了细致描述，并将江格尔的勇士们描绘得栩栩如生：

人们相传，

在那遥远的古昔，

这里是佛陀修道的圣地。

这里有雄伟的金山、银山，

这金山、银山，

巍然耸立于宝木巴的心脏。

初升的太阳，

洒给它光焰万丈。

这里有茫茫的沙尔达嘎海，

乌鲁古、苏鲁古，

两大支流南北交汇。

翻滚的波浪，

像宝刀，像利剑；

闪耀的光辉，

像玛瑙，像珍珠。

人们饮用这海水，

不会衰老也不会死亡，

纵然死了，

他也将升入三十三层天堂。

这里有八千条清澈的河流，

潺潺流过四百万奴隶的家门前，

年年月月灌溉着广袤的牧场，

芳草萋萋，四季常鲜。

江格尔饮用的奎屯河水，

激浪滚滚流向海洋。

汹涌的惊涛不分寒暑，

冲击着陡峭的河床。

|新疆草木|
黄南津　摄

乌鲁善巴山绿草如茵，

勇士的战马在那里啃青。

起伏的丘陵花红草绿，

像玛瑙，像翡翠，随风依依。

站在金宫门前向东瞭望，

六千座庙宇的金顶，

好似灿烂的繁星，

鳞次栉比，交相辉映。

额尔齐斯河流域的草原辽阔无比，在这里，骏马奔驰七个月也看不到草原的边界。正因为有了这样辽阔无比的草原，江格尔才能有数以万计的子民。在阿尔泰山北峰，在太阳东升的地方，江格尔的黄金宫殿整修如新。它的柱子由青玉组成，金刚石盖顶入云霄，比那彩云还要高上几分，圆顶镶嵌的红宝石闪闪发光。在大殿的东边，有美丽的金桥，在大殿的西边，有美丽的银桥。在宫殿中央，坐着江格尔六千零一十二名好汉，足足围坐了五十二圈。多么气派！再看江格尔的坐骑阿兰扎尔，也是无价的珍宝：

阿兰扎尔的身躯，
阿尔盖山方可匹敌；
阿兰扎尔的胸脯，
雄狮一样隆起；
阿兰扎尔的腰背，
猛虎一般健美；
阿兰扎尔的毛色，
鲜红欲滴。

阿兰扎尔八十一庹长的长尾，
翘立如飞。
阿兰扎尔跑起来，
疾风、闪电都不能相比。
江格尔的骏马如此威

新疆水涧
黄南津　摄

风，难怪他百战百胜！帮助江格尔照看阿兰扎尔的马夫包鲁芒乃是草原上有名的勇士；江格尔的妻子阿盖，是五百名美女中的太阳，比那十六岁的少女还要娇艳，看哪：

阿盖夫人，

像太阳那样光辉灿烂，
像太阳那样热情温暖。
在她的光辉照耀下，
黑夜不要灯盏，
姑娘可以裁衣绣花，
牧人可以牧马河滩。

她的面孔比雪还白，
她的双颊比血还红，
乌黑亮泽的长发，
垂到膝盖，飘飘如仙。
她穿着蟒缎的长袍和华
丽的坎肩，
珍贵的长袍价值五十七
匹骏马。

她头上戴着珍贵的高帽，
镶着金银，嵌着珠宝。
脚上穿着光亮的红靴，
长靴无比精致、美好。
然而，在夕阳西下的远
方却住着一位黑心的暴君，

他的名字叫黑那斯。黑那斯
可汗征服了西方的七个国
家，是四十万蟒古斯的君主，
许多强悍的勇士都被他招
降。黑那斯每次出征，都要
调集八万名勇士为其护卫。
而在他宫殿的门前，有一虎
一熊保护着他，即使是最为
勇敢强壮的人，也会被这两
头野兽吓倒。黑那斯骄傲又
自大，得意扬扬地问：

"在这万物生长的大
地上，
太阳和月亮照耀到的
地方，
谁比得上我黑那斯可汗？"
坐在他左席的勇士名叫
那仁胡恩胡，他可以记住、
预测前后九十八年的事情，
他对黑那斯可汗说：

"在日出的东方，
有大理石的阿尔泰山，

山南六大海洋汇聚的地方，

居住着一个荣耀的可汗。

四周的可汗都向他归降，

他的威名远近传扬。

他是塔海兆拉可汗的后裔，

唐苏克·宝木巴可汗的孙子，

乌琼·阿拉达尔可汗的儿子，

他就是荣耀的圣人，

伟大的江格尔。"

讲完江格尔，那仁胡恩胡又重点介绍了江格尔手下的勇士洪古尔：

江格尔手下有一位勇士，

是顶天立地的好汉。

单人匹马闯过千百个战场，

打败过千百个勇将，

魔鬼活捉他，

新疆旷野
黄南津　摄

用六千条皮鞭不停地抽打，

他坚贞不屈，绝不背叛。

一个人和六万个勇士交战，

金柄长枪都被打断，

他连根拔倒高大的香檀，

削去枝杈，徒步应战。

他挥舞大树犹如短剑，

横冲直撞，锐不可当。

听到那仁胡恩胡的介绍，黑那斯可汗非常渴望有人能够生擒好汉洪古尔，于是厚和查干主动请缨，要将洪古尔从宝木巴抓回来。他表示，如果不能将洪古尔捉拿，情愿死在主人的皮鞭下。黑那斯听后非常高兴，向他许诺如能生擒洪古尔，将满足他十大心愿，赦免他三次死罪，并赏赐他沙立贝河畔的一百七十万奴隶。厚和查干咬着自己锋利的宝刀，跪在黑那斯的银桌前宣誓后，便

|成吉思汗像|
焦学振 摄

骑上了他举世无双的赤兔马出征。远在千里之外的千里眼阿拉谭策吉知道了黑那斯的诡计，及时向江格尔和他的勇士们做了汇报。洪古尔听后抢先发言：

"荣耀的江格尔，

至亲的六千又十二名伙伴，

请听听一个勇士的心愿。

黑那斯有命令，

厚和查干已经宣誓。

我纵然粉身碎骨，

不过是白骨一堆、鲜血一碗。

死于奔腾的急流，

我心中无怨！

死于矛头枪尖，

我没有遗憾！

在那荒凉的草原，

在那盘旋的额什鄂鲁山巅，

让我和魔鬼决一死战！"

江格尔不愿意让洪古尔
一人冒险，于是说：

"在战斗中，洪古尔，
你是我的刀枪。

在进攻的时候，洪古尔，
你是冲入羊群的灰狼！

我怎么能让你，

单枪匹马去那可怕的
地方？

我怎么能让你，

一个人担风险，

抗击魔王派来的豺狼？

我们六千又十二名勇士
一同去，

一同去消灭那野心勃勃
的魔王！"

雄狮洪古尔爱惜自己的
英名，拒绝了江格尔的建议：

"不能这样，千万不能
这样！

这会给我带来世人的
诽谤，

会说洪古尔惧怕厚和
查干，

出征应战还拉上江格尔
可汗，

六千又十二名勇士陪他
上沙场。

这不光彩的名声一旦
传扬，

我就无颜活在卫拉特
家乡。

山洪暴发，

让它顺着沟壑流淌；

谁作的罪孽，

谁就去勇敢承担。

正午的时刻，不是更温
暖吗？

死后不是更幸福吗？"

听完洪古尔的谏言，江
格尔同意让他单枪匹马出
征。于是马夫杜金杜格为雄

狮洪古尔的铁青马鞴上了马鞍，又将缰绳递给洪古尔，等候他出征。洪古尔在黄金宫殿前穿上了珍贵的罗纱衫，披上崭新的铠甲和心爱的护肩，这些装备在战斗中从未损坏。洪古尔佩带宝剑，摘下金盔走到江格尔的银桌前，向江格尔磕头后，阿拉谭策吉老人告诉他，厚和查干将在下月初八那一天，与洪古尔在银白色的额什鄂鲁山上，在哈达克河边交锋。江格尔命令属下斟满十五碗美酒，赐给洪古尔。洪古尔的父亲、大力士西克锡力克得知出征的消息后，匆忙赶到江格尔的大殿，试图劝阻洪古尔，不让他冒险前行。然而洪古尔已拿定主意，向父亲做出安然返回的保证后，毅然拿起了钢鞭，头也不回地走出了金殿。江格尔率领他手下的六千零一十二名勇士，来到草原上为洪古尔送行。

洪古尔骑上了他心爱的铁青马，向着日落的西方奔驰。铁青马昼夜不停，走过了干旱的丘陵、跑过了贫瘠的草地，走过了落叶松的大桥，他们整整走了四十九天，终于越过了朱日赫沙特山，来到了额什鄂鲁山上。这额什鄂鲁山的早晨迷人万分，金色的太阳升在东方、绿草尖上露珠闪烁，这美丽的地方层峦叠嶂，气势雄壮，令人神往。阿拉谭策吉老人预测洪古尔将与黑那斯的勇士在这里搏斗，于是洪古尔找到一处平整的石板，顶着太阳的高温，在这里开始了四十九天的守候。到了初八那天，西方忽然升起了一股红尘，那是赤兔马扬起的风沙，坐在上面的勇士厚和查干终于与洪古尔在终年积雪的银峰下相遇。厚和查干问道：

"你是谁的儿子，

叫什么名字，

快快通报你的姓名！"

雄狮洪古尔大声回答：

"我的祖父西鲁盖大名鼎鼎，

我的外祖父图木格特可汗素有威名。

我的父亲——摔跤手西克锡力克诺颜，

有万夫不当之勇，

我的慈母是贤淑的姗丹格日乐夫人，

我就是淳厚朴实的雄狮洪古尔！

我的武艺高强，膂力过人，

还能施展法术，变化无穷。

恶魔活捉我，不能夺取我的生命，

一百年的酷刑难叫我呻吟，

六年的鞭打难叫我屈节求情，

告诉你，

我就是坚强的洪古尔。

你是谁的使者？

快快通报姓名！

从哪里来，到哪里去？

为什么这样无理蛮横？

我看你才是一百个国家

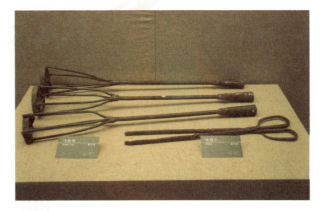

|马烙印、火剪子|

焦学振　摄

的妖魔，

六个国家的灾星！"

魔王黑那斯的勇士厚和
查干答道：

"我住在日落的西方，

八万个魔王都向我们
归降。

我们的可汗称霸七世，

他就是赫赫有名的黑
那斯，

八百万无敌的勇士，

保卫着他的生命，

西方的国家都向他称臣。

我在一百个国家纵横
驰骋，

敌人望风逃走，无影
无踪！

我和六个国家的摔跤手
较量，

个个都被我踏在脚下，

今天我要和你——洪

古尔，

拼一个输赢！

我要捣毁你们的金黄
宫殿，

把你们的国家一举荡平！

让你们在我的马蹄下
发颤，

活捉洪古尔建立大功！"

互知身份后，两位英雄
开始战斗。厚和查干高举钢
鞭，挥向洪古尔的头颅。洪
古尔躲过钢鞭，又用闪电般
的速度，向厚和查干反击。
两位英雄在终年积雪的山脉
从山上打到山下，从马上跳
到马下。刀枪相碰，火花四溅，
就这样他们激战了四十九
天。疲惫的战马已经难以动
弹，疲倦的勇士鲜血染红了
天边。他们脱下衣裤，赤裸
相见，要用拳脚拼个输赢。

洪古尔看准时机抓住了厚和查干的腰部，用力将他摔在了地上，砸得岩石飞溅。洪古尔迅速骑在厚和查干身上，用武器压住了他的脖子。厚和查干赶紧用胳膊支撑全身，努力进行反抗，他面不改色。两位英雄又战斗了四天四夜还是难分胜负。就在第五天，厚和查干猛地翻身，将洪古尔压在身下。洪古尔说：

"你我二人今世无仇，
两个可汗争夺天下，

我们豁出父母赐给的皮肉，

拼命为他们厮杀。
在荒野上杀来杀去，
让鲜血染红草原和大地，
对你我又有什么好处？

我们对打了多少天啊，
如今你已经占了上风，
我被你压倒，
你也受了重伤。
你胜利了，
你已心满意足。

集体角逐
焦学振 摄

我听从阿拉谭策吉的预言，

在山上多等了十七天，

十七天里不吃不喝不睡，

使我筋疲力尽，耗尽体力，

不然，你休想占便宜。

你已胜利，

你把我捆住，

叫你称心如意！"

得胜的厚和查干给洪古尔套上了铁链，又把他的手脚牢牢捆住拴在了铁青马的长尾上。他骑上自己的赤兔马，牵着铁青马奔向了太阳落山的西边。就这样，雄狮洪古尔被拖在地上，日夜不停地遭受着苦难。英雄金刚般的力量被慢慢耗尽，铁链陷进了他的皮肉，鲜血染红了身后的道路。英雄日月般

的面孔黯淡如土，百鸟为他哭泣，野兽为他叹息。当他们一行经过一个丰美的草场时，八岁的牧童那仁乌兰认出了勇士洪古尔，他感到无比惊讶。因为这个牧童知道，英雄洪古尔曾在一百多个敌国里所向无敌，他战无不胜、攻无不克，如今这般模样，让牧童禁不住满心悲伤。牧童又急又气，放下了成群的牛羊，在禀告父母后便踏上了寻找江格尔的路途。牧童骑着他黑色的坐骑日夜兼程跑了两个月，又飞驰了四十天后，终于来到了英雄江格尔的宫门前，看到了善于辞令的凯·吉拉干。

牧童急于向凯·吉拉干说明情况，却因体力不支晕倒在地上。凯·吉拉干慌忙将牧童带到宫中，江格尔用

十瓶圣水将牧童救醒，又用美酒、美食帮他恢复体力。牧童好转后，泪流满面地向江格尔汇报了洪古尔的困境。江格尔心中悲痛，不待牧童将话说完，便召集手下六千零一十二名勇士共同出发去拯救雄狮洪古尔。江格尔在出行前，将国家大事交给了亲密伙伴西克锡力克及敖其拉·格日勒，又吩咐雄狮洪古尔的爱人格莲金娜夫人照看好送信的牧童。江格尔跨上自己的战马阿兰扎尔，手持金柄长枪，与六千零一十二名勇士奔赴战场。他们夜以继日，奔向日落的西方。他们穿过落叶松的大桥，整整走了四十个日夜。铁臂力士萨布尔骑着栗色战马，还与江格尔进行了一次赛马。又过了一段时间，萨

布尔终于来到了魔王黑那斯可汗的宫殿附近，他遇到了一位中年妇人，便向她打听洪古尔的下落。那妇人听后擦着眼泪说：

"你是他的弟弟，
还是他的哥哥？
我想对你讲，
又难以开口，
不对你讲，
又怎么忍心啊！

夜间，魔鬼在他的四肢上钉四个木橛子，
四千个勇士把他围了四十圈严加看管。
白天，不停地用皮鞭抽打，
整整打了四个月，
英雄的红心还在跳动。
不分老头儿和老太婆，
没有人不为他受难热泪

纵横。

　　魔鬼打不死他，

　　便烧红了一庹长的钢棍

捅进他的喉咙，

|穿越荒漠|
黄南津　摄

|跨过河流|黄南津　摄

　　一天要捅上四五遍，

他还是没有死，

还是那样坚定。

　　魔鬼燃起熊熊大火，

把他扔进烈火承受煎熬，

蓝天上突然阴云密布，

雨雪冰雹浇灭了烈火。

　　魔鬼弄来一百多块巨石，

拴在他的身上投入大海，

他却漂浮在海面上。

　　魔鬼们费尽心机，

也不能杀死洪古尔。

　　黑那斯和他的勇士们发

生了争议，

　　有人要把他交给十五个

头的魔鬼，

　　有人要把他活活地扔给

大黑鱼。"

　　萨布尔听完妇人的话，

将一块黄金赏赐给她，然后骑着战马冲向了有十二个塔楼的金黄宫殿。黑那斯的四万多名勇士还没反应过来，便被萨布尔杀入营中。敌人乱作一团，被他追杀了四十九个夜晚和白天。不知何时，江格尔和萨纳拉也杀入阵中，和六千零一十二名勇士一起参与到与黑那斯大军的厮杀中来。两军交战杀得天摇地动，黄金的世界也开始黯淡无光，两个月的战斗使黑那斯的人马尸横遍野，江格尔的六千零一十二名勇士也伤亡惨重。就连千里眼阿拉谭策吉、擅长辞令的凯·吉拉干和英勇战士库恩伯也都生命垂危。凶恶的黑那斯可汗骑着高山般的战马，挥着十九庹的宝剑赶来。江格尔跨上阿兰扎尔，手提长枪独自迎战魔王黑那斯。黑那斯率先发难，连刺江格尔三剑却没有成功。阿兰扎尔忽然卧倒，黑那斯一时勒不住他的战马，只能从江格尔的头上跃过。江格尔面对黑那斯的后背，趁机瞄准魔王的琵琶骨，连人带马，用长枪刺中。江格尔举不动黑那斯魔王，也拔不出他的金柄长枪。突然，魔王的战马狂蹦乱跳，将江格尔的金柄长枪折断。黑那斯趁机抓住战马的鬃毛，利用江格尔丢失武器的空当逃离了战场。

活着的勇士重新聚集在江格尔的身旁，而黑那斯魔王也重整旗鼓，将江格尔和他的英雄们围在了中央。就在这时，受伤的萨布尔骑着他的栗色战马杀入黑那斯阵营，英勇地将敌人打散。他的威武无人可敌，就连最强悍的武将、最高明的射手也无法抵挡。萨纳拉叩见江格尔可汗，建议他前往杜尔本可汗处寻找神奇的铁匠，重新将他的金柄长枪修好。江格尔听从了萨纳拉的建议，运用法术将四个月的路程缩短成二十八天，来到了杜尔本可汗的国土，并找到了铁

|弓箭样品| 焦学振 摄

|腰刀及金银腰带| 焦学振 摄

匠铺。他让阿兰扎尔变成两岁的小马，而他自己则变成十岁的小孩儿。他将自己的长枪在河流的淤泥中藏好，缓缓地走到铁匠铺旁。铁匠是位充满智慧的老人，他立刻识破了江格尔的变化。他让江格尔取回长枪，马上召集手下的铁匠们将长枪修好。

江格尔重新拥有了无敌的金柄长枪。他骑上阿兰扎尔，走了四十九个白天和黑夜，又出现在了黑那斯大军阵前，重新与萨纳拉会合。江格尔跃马杀入敌阵，从南到北来来回回杀了六个回合。他向着昆都仑查干奔驰，找到了受伤吐血的铁臂勇士萨布尔。江格尔从黄缎药袋中找出灵药撒在他的伤口上，萨布尔很快就被治愈。萨布尔重新骑上他那栗色宝马，

跟随江格尔奔赴新的战场,杀到了黑那斯的魔窟。江格尔命令手下的十二名勇士仔细寻找敌人的位置,又亲自跟遇到的女巫打探洪古尔的下落。

女巫占了三卦,第一卦占出洪古尔在高山之巅雄狮的肚中;第二卦占出洪古尔在海底黑色大鱼的肚中;第三卦占出洪古尔在紫檀树顶凤凰的肚中。江格尔向女巫道谢后,便立刻前往三处寻找洪古尔。他找到雄狮,雄狮张开大嘴向他发誓,表明洪古尔不在肚中;他找到凤凰,凤凰张开大嘴向他发誓,表明洪古尔也不在肚中。于是江格尔在辽阔的海滨走了七天后,终于遇到一条粗壮的黑鱼,它躺在海边不停地喘着粗气。江格尔拿出长枪和弓箭,迫使黑鱼吐出了一个皮口袋。江格尔解开口袋,拉出了洪古尔的身体。江格尔将绑在洪古尔身上的皮筋一一割断,又用灵丹妙药救活了雄狮洪古尔,两个亲密的伙伴终于又重新聚在了一起!

他们骑着自己的坐骑,七天七夜马不停蹄又来到了黑那斯的宫殿前。就在这时,西克锡力克老人挂着檀香木手杖也来到了江格尔面前,他把自己的战甲给了儿子洪古尔,洪古尔连根拔起了一

面具
焦学振 摄

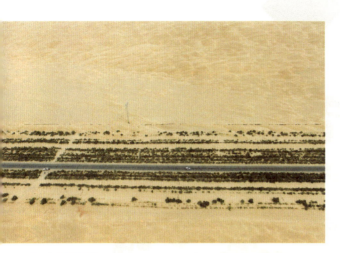

马轻易地挑到空中。

魔王的勇士看到首领被擒，发起了一阵又一阵的攻势，却被萨布尔他们打得人仰马翻，始终不能靠近江格尔。而此时，雄狮洪古尔和勇士厚和查干又在一起厮杀，他们已经打了很长时间，人困马乏却依旧难分胜负。于是洪古尔向众圣祷告，并成功获取了五个魔王的力量。他抓住时机，使一个夹脚绊将厚和查干当空举起，接着又使出全身力量压向厚和查干，终于将厚和查干打败了。洪古尔用厚和查干赤兔马的尾巴将他捆住，又跨上铁青马，牵着赤兔马狂奔，也让厚和查干尝尝这种被拖行的痛苦。江格尔战胜了黑那斯，洪古尔战胜了厚和查干，于是魔王的手下纷纷叩头求

棵高大的紫檀，用檀香树干充当自己的武器。烟尘滚滚，江格尔、洪古尔、萨布尔和萨纳拉合兵一处，萨布尔和萨纳拉已经将魔王的勇士该杀的杀、该赦免的赦免，战况非常有利。但是，魔王黑那斯可汗却依然英勇，跨着自己的战马杀来杀去。于是江格尔挥动明晃晃的金柄长枪，洪古尔也挥舞着他的檀香树干，杀入了敌将群中。这一次，江格尔又一枪刺中黑那斯可汗，把他和他的战

饶，发誓永不背叛江格尔。

看着满地的尸体和受伤的勇士，江格尔虔诚祈祷，于是空中下起了七天清凉的雨水，又下起了三天神奇的丹药。大地上的鲜血被洗刷干净，死去的勇士们也纷纷得以复活，受伤的人们恢复了健康，整个大地一片祥和。江格尔率领他的勇士们来到黑那斯的宫殿，并向四方派出使臣通告他们伟大的胜利，而后又举行了丰盛的酒宴。魔王黑那斯、勇士厚和查干被严加看管并被束缚起来。过了十五天，黑那斯的属国全部归顺了江格尔。江格尔焚烧了黑那斯的宫殿，命令凯·吉拉干道：

"驱赶黑那斯的奴隶和牛羊，

不留一个孤儿，

不留一条饿狗，

全部迁往宝木巴，

金顶大帐
焦学振　摄

把黑那斯和厚和查干活活拖走。"

于是世界又恢复了和平，黑那斯的国土被江格尔管辖的消息，也通过江格尔的使臣传递到了他手下四大可汗那里。四大可汗纷纷带上美酒，聚集到江格尔的宫殿里，勇士们团团围坐了五十二圈，宝木巴举国欢庆，草原上到处是喝不完的美酒，沙漠里全是唱不完的歌。

图书在版编目（CIP）数据

江格尔 / 焦学振编著 ；林继富本辑主编. -- 哈尔滨：黑龙江少年儿童出版社，2020.2（2021.8 重印）
（记住乡愁：留给孩子们的中国民俗文化 / 刘魁立主编. 第五辑，口头传统辑. 一）
ISBN 978-7-5319-6537-4

Ⅰ．①江… Ⅱ．①焦… ②林… Ⅲ．①蒙古族－英雄史诗－中国 Ⅳ．①I222.7

中国版本图书馆CIP数据核字(2020)第011738号

第五辑 口头传统辑（一）

江格尔 JIANGGEER

刘魁立◎主编

林继富◎本辑主编

焦学振◎编著

出版人：商 亮
项目策划：张立新 刘伟波
项目统筹：华 汉
责任编辑：李春琦
整体设计：文思天纵
责任印制：李 妍 王 刚
出版发行：黑龙江少年儿童出版社
　　　　　（黑龙江省哈尔滨市南岗区宜庆小区8号楼 150090）
网　　址：www.lsbook.com.cn
经　　销：全国新华书店
印　　装：北京一鑫印务有限责任公司
开　　本：787 mm×1092 mm　1/16
印　　张：5
字　　数：50千
书　　号：ISBN 978-7-5319-6537-4
版　　次：2020年2月第1版
印　　次：2021年8月第2次印刷
定　　价：35.00元